VILLE D'AX ARIÈGE

AX-LES-THERMES ILLUSTRÉ

ses richesses thermales, son histoire, ses excursions.

AX-LES-THERMES ILLUSTRE

ses richesses thermales, son histoire, ses excursions

163

(15)

AVIS DE L'ÉDITEUR

Nous adressons nos vifs remerciements, pour les renseignements fournis, à MM. les médecins-consultants et particulièrement aussi à M. H^te Marcailhou-d'Ayméric, pharmacien de 1re classe, bien connu par ses études historiques sur la ville d'Ax et sa compétence pour les excursions.

Nous avons pu ainsi produire une œuvre nouvelle qui répond aux desiderata des nombreux baigneurs et touristes, fréquentant annuellement la riche station d'Ax-les-Thermes.

GADRAT aîné, **éditeur**
à FOIX (Ariège).

AX-LÈS-THERMES — VUE GÉNÉRALE.

Ax-les-Thermes

ARIÈGE (Pyrénées centrales)

———:◦:———

Ax est une jolie petite ville située à l'extrémité méridionale de la haute Ariège et au pied des Pyrénées. Elle se nomme aujourd'hui *AX-LES-THERMES*, depuis le décret présidentiel du 24 décembre 1888, afin d'éviter toute confusion avec Dax (Landes), Aix (Bouches-du-Rhône) et Aix-les-Bains (Savoie).

C'est un chef-lieu de canton de l'arrondissement de Foix, dans le département de l'Ariège. La population de cette ville compte 1.609 habitants, y compris celle de ses hameaux. Son altitude moyenne est de 718 mètres au-dessus du niveau de la mer et sa situation géographique de 42° 43' de latitude septentrionale et de 0° 35' de longitude occidentale.

La cité axéenne est gracieusement assise au confluent de trois torrents : *l'Ariège*, *l'Oriège*, la *Lause*, dans une vallée des plus pittoresques se prolongeant d'un côté jusqu'à Foix et de l'autre jusqu'aux limites naturelles de la République d'Andorre.

Latéralement viennent déboucher deux vallées principales dites *d'Ascou* et *d'Orlu*, baignées par les torrents de la Lauze et de l'Oriège.

Le climat d'Ax est doux en été et en automne et, depuis quelques années, peu rigoureux en hiver. L'air y est pur et léger, abondamment chargé d'oxygène ; de là ses propriétés toniques et vivifiantes. C'est d'ailleurs un des moyens d'action du traitement thermal.

La rapidité des torrents concourt à l'assainissement continuel de l'atmosphère. L'air même de la ville, imprégné d'émanations balsamiques et sulfureuses, trahit la présence de ce puissant minéralisateur auquel les eaux doivent leur renommée et leur vertu.

Le séjour d'Ax est particulièrement agréable pendant la saison thermale, qui commence en mai et finit en octobre.

La station offre aux baigneurs de grands hôtels garnis et des maisons meublées, accessibles à toutes les bourses. La ville est abondamment alimentée de produits de toutes sortes, par un marché quotidien et par de nombreux magasins.

On arrive à *Ax-les-Thermes* par la ligne de *Toulouse à Ax-les-Thermes* de la Compagnie des chemins de fer du Midi.

Cette ligne est desservie par cinq trains montants et cinq trains descendants, dont un express et un rapide à l'aller et au retour. — La durée du trajet de Toulouse à Ax est de 3 h. 10 par l'express et de 2 h. 17 par le rapide.

Des omnibus, qui se rendent à tous les trains, desservent les hôtels et la ville. La gare est d'ailleurs à proximité de la ville.

VUE DE LA GARE

PRISE EN AVAL DES BATIMENTS DE LA GARE.

Un service de voiture quotidien met Ax en communication avec Bourg-Madame (55 kilom.), dernier village. français sur la frontière espagnole, à 1 kilomètre de Puigcerda (Espagne).

Une augmentation rapide dans le nombre des baigneurs et touristes s'est produite dès l'ouverture de la voie ferrée (22 avril 1888). En effet, tandis qu'il venait, pendant les mois de juin, juillet, août et septembre, avant l'arrivée du chemin de fer, 4.500 à 5.000 étrangers seulement, ce chiffre est monté vite à 13.838, d'après les billets reçus à la gare pendant la saison 1888, pour arriver à 16.055 en 1893 et à 18.985 en 1899. — Il est bon d'ajouter que, dans ces chiffres, les touristes et les visiteurs représentent environ un tiers.

I. — LES SOURCES THERMALES

Les eaux d'Ax appartiennent à la classe des sulfurées-sodiques alcalines.

On compte dans cette station plus de 60 sources débitant ensemble plus de *deux millions de litres par 24 heures*. Les températures de ces différentes sources varient de 18° à 77°5 centig.

Le soufre y existe à l'état de combinaisons diverses : acide sulfhydrique et soude caustique à l'état libre dans les sources très chaudes (Béchamp), monosulfure et polysulfure de sodium, sulfite et hyposulfite de soude, soufre précipité etc.

On constate donc, au point de vue du principe sulfureux, l'existence à Ax de

LE COULOUBRET

———:o:———

Cet établissement, le plus ancien de la station, fondé en 1780, a le premier établi la réputation des eaux d'Ax ; il est situé sur la magnifique promenade de ce nom.

Il a été reconstruit en 1872 et forme deux galeries couvertes, ayant l'aspect d'un T renversé, servant de salle d'attente et de salon de lecture.

L'établissement du Couloubret comprend six sections de bains :

Bain Montmorency,	7 baignoires,	6 cabines.
— Gourguette,	2 —	2 —
— Pilhes,	7 —	6 —
— Jeanne d'Albret,	5 —	4 —
— Mystère,	3 —	3 —
— Fort,	9 —	9 —

2 salles de douches Tivoli, — 8 douches locales, — 5 buvettes, — 1 salle de massage, — 1 salle de gargarisme.

Promenade du Couloubret

ÉTABLISSEMENT DU COULOUBRET.

nombreuses variétés de sources qui se différencient en outre, par la quantité de ce même principe, par un degré plus ou moins élevé d'alcalinité, enfin par une plus ou moins grande abondance de matière organique *(barégine* et *glairine)*.

Les sources thermales sourdent toutes au pied d'un typhon granitique sur lequel la ville est bâtie. Elles se divisent en trois groupes : *Couloubret, Breilh, Teich.*

Les établissements thermaux

Plus de cinquante sources sont aménagées dans quatre établissements thermaux dont les ressources thermales et thérapeutiques sont très variées.

L'eau arrive dans presque toutes les baignoires avec sa pureté native et elle peut être administrée à toutes les températures balnéables sans avoir subi aucune déperdition de son principe sulfureux, grâce à des installations spéciales et tout à fait exceptionnelles.

Tous les établissements sont construits sur les griffons de leurs sources respectives.

On trouve donc à la fois, à Ax, l'expression la plus active et la forme la plus adoucie de la médication thermale sulfureuse.

Les quatre établissements sont par rang d'ancienneté : *le Couloubret, le Teich, le Breilh* et *le Modèle.*

Ils sont répartis en divers points de la ville et la description de chacun d'eux en est faite en regard des vues photographiques.

LE TEICH

Ces thermes ont été fondés en 1801 ; plusieurs fois remaniés et augmentés de 1864 à 1888, ils viennent d'être intégralement reconstruits et s'élèvent sur la rive gauche de l'Oriège, au sud de la ville.

Le nouvel établissement, d'une architecture sévère, se compose de deux bâtiments parallèles laissant entre eux une magnifique galerie couverte servant de promenoir.

L'établissement du Teich compte trois sections de bains :

Bain Boulié,	12 baignoires,	10 cabines.
— Astrié,	11 —	10 —
— Viguerie,	19 —	15 —

4 grandes douches — 6 douches Tivoli — 2 étuves — 1 douche ascendante — 3 appareils de humage — 12 appareils de pulvérisation — 1 salle de douches mobiles pulvérisées — 5 buvettes — 2 salles de gargarisme — 2 salles de massage — 2 douches locales mobiles, à température variable.

ÉTABLISSEMENT DU TEICH.

PRINCIPALES MALADIES TRAITÉES AVEC SUCCÈS A AX

Rhumatisme, Goutte, Arthritisme

Ax a revendiqué, de tout temps, une spécialité d'action dans toutes les formes du rhumatisme, cette diathèse à manifestations si diverses et quelquefois si étranges.

Les cas qu'on y soigne le plus fréquemment sont les rhumatismes compliqués de maladies du cœur, les névrites et névralgies rhumatismales, les rhumatismes noueux et déformants, les rhumatismes goutteux qui sont souvent la conséquence de cet état particulier connu sous le nom d'*arthritisme,* dans lequel les éliminations des déchets et les échanges moléculaires ne s'accomplissent que d'une façon incomplète.

L'outillage de la station et l'immense variété d'eaux alcalines, sulfureuses ou alcalino-sulfureuses, à toutes les températures et administrées dans les conditions les plus diverses, donnent la raison de ces spécialisations. — Les malades éprouvent aussi de bons effets de l'emploi du *massage* combiné au traitement thermal.

Maladies de la peau ; herpétisme

La grande classe des maladies de la peau trouve, à Ax, une médication spéciale presque spécifique. — En effet les eaux en leur double qualité d'*alcalines* et de *sulfureuses* réunissent les deux agents médicamenteux reconnus jusqu'à ce jour comme les plus efficaces.

GALERIE DU TEICH

C'est un vaste hall de 68 mètres de longueur sur 5^m 65 de largeur et 3^m 75 de hauteur, éclairé par 7 ciels-ouverts ; il sert de salon d'attente et de cabinet de lecture.

Une petite galerie, parallèle au grand hall, de 2 mètres de largeur et de 1 mètre en contre-bas, accédant aux *bains Viguerie*, en est séparée par une colonnade du plus gracieux effet.

Cette nouvelle disposition met les baigneurs à l'abri des courants d'air et devient un agréable séjour, en attendant le bain ou la douche.

De plus cette galerie communique, du côté du sud, avec un joli parc dépendant de l'établissement.

GALERIE-PROMENOIR DU TEICH

Les eaux d'Ax sont appliquées avec grand avantage aux syphilitiques, traités au préalable par les médications dites spécifiques et également à tous les intoxiqués professionnels par le plomb, le mercure, l'arsenic, le cuivre, le phosphore, le tabac ainsi qu'aux coloniaux impaludiques ou anémiques.

On sait d'ailleurs que la plupart des buvettes d'Ax sont essentiellement dépuratives.

Lymphatisme ; scrofule

Les eaux d'Ax toniques et reconstitutives produisent des effets merveilleux dans le lymphatisme des enfants.

Ces effets sont d'autant plus marqués qu'ils sont aidés par une véritable cure d'air des montagnes.

La scrofule et ses diverses manifestations sont aussi justiciables des eaux thermales, les plus sulfureuses.

Maladies de la gorge et des bronches

Les malades atteints d'angine granuleuse, de laryngite, de bronchite, d'emphysème pulmonaire, outre des buvettes appropriées aux divers cas, disposent de tous les moyens complémentaires de traitements que l'on emploie concurremment : douches pharyngiennes, inhalations, humage et douches dérivatives.

Les affections cardio-pulmonaires que l'on observe si fréquemment chez les obèses et les arthritiques sont rapidement modifiées par un traitement thermal approprié.

LE BREILH

—⁃—

Situé à l'est de la ville et contigu à l'hôtel Sicre dont il est une dépendance et une création, l'établissement du Breilh, fondé en 1815 et plusieurs fois remanié depuis cette époque, présente une construction fort gracieuse. — Une jolie colonnade agrémente un long péristyle extérieur qui sert de promenoir et permet d'accéder à tous les services balnéaires.

Des réparations importantes, au point de vue du confort et des installations balnéo-thérapiques, viennent d'y être apportées, sans en changer toutefois l'aspect extérieur.

L'établissement du Breilh comprend trois sections de bains :

Bain Rigal,	10 baignoires,	8 cabines.
— Fontan,	7 —	7 —
— Filhol,	4 —	4 —

2 grandes douches — 3 douches Tivoli — 9 appareils de pulvérisations — 4 buvettes.

Bains   Hôtel Sicre

ÉTABLISSEMENT DU BREILH

Fractures et traumatismes

Les arthropathies et les diverses myopathies, conséquences de fractures ou autres traumatismes sont toujours soulagées et souvent guéries par les *eaux sulfureuses* d'Ax administrées en bains, en douches variées suivant les cas et combinées souvent avec un massage.

Maladies des femmes ; chlorose, anémie

Les catarrhes utérins, les métrites du col, les métrites parenchymateuses, les métrites hémorragiques, les engorgements et les exsudats périutérins consécutifs à des métro-salpyngites ou à des métro-péritonites d'origines diverses, pourvu que tout phénomène d'acuité ait absolument disparu, grâce à une échelle thermo-sulfureuse vraiment remarquable, sont traités avec un succès certain dans quelques-unes des sections de bains munies d'un outillage spécial.

Les diverses formes de la chlorose et de l'anémie trouvent aussi à Ax toutes les conditions nécessaires de curabilité : air vivifiant et pur, imprégné d'arômes végétaux, alimentation tonique, moyens hydrothérapiques variés.

En résumé, les sources *sulfurées-sodiques alcalines* d'Ax, très nombreuses et très variées, présentent une véritable gamme thermale et sulfureuse qui les rend applicables au traitement d'un grand nombre d'états morbides.

LE MODÈLE

Fondé en 1863, cet établissement a été inauguré en 1867 ; il est bâti sur la rive gauche du torrent d'Ascou (la Lauze), en face de l'esplanade du Couloubret et attenant au pont du Breilh.

Ces thermes, d'un aspect élégant, comprennent deux doubles galeries superposées donnant accès aux cabines de bains et au salon de lecture ; ils ont été sensiblement améliorés, en ces dernières années, au point de vue des services et des installations balnéaires.

L'établissement Modèle comprend trois sections de bains :

Bain hyposulfité,	24 baignoires,	21 cabines.
— alcalin,	11 —	11 —
— fort,	10 —	10 —

2 grandes douches — 9 douches Tivoli — 1 étuve en caisse et une à gradins — 1 douche ascendante — 2 appareils de humage — 3 buvettes — massage.

Le pont du Breilh   Quai du Couzillou

ÉTABLISSEMENT DU MODÈLE.

Expéditions des eaux

Les eaux s'expédient par caisse, en bouteilles ou demi-bouteilles, et par quantité au gré du client, sur demande adressée aux *Régisseurs* des établissements.

PRIX { par bouteille..... 0 fr. 15 } verre, port et emballage non compris.
{ par 1/2 bouteille 0 .10 }

Envoi des notices et prospectus sur demande.

Liste des médecins-consultants

Dr AUPHAN ✳ , rue G. Marcailhou-d'Ayméric ; maison Pradal.
Dr BONNANS ❶ , rue G. Marcailhou-d'Ayméric ; pont du Couzillou.
Dr DRESCH ✛ ❶ , rue Gaspard Astrié ; ancienne maison Astrié.
Dr FUGAIRON, rue Gaspard Astrié ; maison Clergue.
Dr LAJAUNIE, pont du Couzillou ; chalet B. Rivière.
D^r Le PALENC ❶ , rue François Mansard ; maison Authié-Orlu.

PHARMACIENS

M. Hippolyte MARCAILHOU-D'AYMÉRIC, pharmacien de 1re classe ; rue G. Marcailhou-d'Ayméric.
M. GÉLY, pharmacien de 2e classe ; rue de l'Horloge et place du Breilh.

LE PONT DU BREILH -- L'ÉGLISE

Le pont du Breilh était primitivement édifié en deux parties : le côté de la rive gauche, en bois, celui de la rive droite, en maçonnerie, se rejoignant sur une pile bâtie au milieu de la rivière.— C'est l'an 1847 qu'il fut construit en pierre de taille par les Ponts et Chaussées, lors du prolongement de la route nationale de Paris jusqu'en Espagne. Il a été élargi du double, en septembre 1898, grâce à la généreuse intervention de M. Adolphe Turrel, député de l'Aude, alors Ministre des Travaux publics et qui était venu demander la santé aux eaux bienfaisantes d'Ax.

L'église paroissiale Saint-Vincent a été reconstruite dans la seconde moitié du XVe siècle, mais on voit encore sous le clocher la petite abside méridionale de l'ancienne église, fondée au XIIIe siècle de notre ère et remaniée au XIIe. — La nouvelle église offre une nef ogivale, spacieuse et hardie ; l'élancement du grand arc est surtout remarquable ainsi que les peintures de la voûte du sanctuaire.

L'avenue Adolphe-Authié date de 1855.

L'Eglise   Avenue Adolphe Authié

LE PONT DU BREILH.

II. — AX HISTORIQUE

L'origine des habitants de la cité d'Ax, l'une des plus anciennes du pays de Foix, est assez obscure. Quelques historiens les font descendre des Volces Tectosages, des Celtes, des Consorani ; d'autres, des Sotiates.

L'archéologie ne vient pas non plus au secours de l'histoire. Rien ici ne révèle l'existence de monuments importants qu'auraient pu fonder les Romains qui savaient si bien découvrir et utiliser les sources thermales.

Au Moyen-Age et jusqu'à la fin du XVIIIme siècle, Ax était une ville fortifiée. Une muraille, flanquée de huit tours principales et de quelques tourelles enceignait la ville en forme de fer à cheval. Une partie du mur d'enceinte est aujourd'hui dissimulée dans les édifices particuliers ; l'autre se montre à découvert, le long de la rivière d'Orlu, et surtout près du Teich, où l'on peut encore voir une porte ogivale, la dernière de la cité *(porte d'Espagne).*

En face, on aperçoit *le Castel Maü,* vulgairement appelé château des Maures, situé sur une éminence à l'entrée de la vallée de Mérens et dominant la ville, au sud.

La *Ville d'Ax* (c'est ainsi qu'elle est séculairement nommée) eut des seigneurs dont quelques-uns même rendirent hommage au roi de France, quoique vassaux des Comtes de Foix.

Elle fut aussi le chef-lieu d'une châtellenie, en 1398, comprenant les villages voisins.

LA PLACE DU BREILH

La place du Breilh est située devant l'établissement thermal-Modèle, sur la rive gauche de la Lauze, et séparée de l'église paroissiale par le pont du Breilh, jeté sur la rivière à ce point.

Sur cette place, vers l'an 1260, et probablement par ordre de saint Louis, roi de France, a été construit l'hôpital. C'est un vaste établissement contenant 85 lits pour les malades et dont l'administration est confiée aux sœurs de Nevers, sous la surveillance d'un Conseil présidé par le Maire.

On y reçoit les indigents d'Ax et, pendant la saison balnéaire, les malades envoyés par les départements de la région.

La chapelle Notre-Dame est contiguë à l'hôpital dont elle est une dépendance.

C'est aussi sur la place du Breilh qu'on voit le bassin des *ladres* et la fontaine des *canons*.

L'Hopital   La Rue du Cousiou

PLACE DU BREILH

HOTEL BOYÉ

d'Orlu, d'Orgeix, d'Ascou, de Sorgeat, d'Ignaux, de Vaychis et commandée par le Castel Maü appartenant au Roi.

Jeanne d'Albret dépouilla la ville de ses institutions municipales ; mais sous le règne d'Henri IV, le gouverneur du Comté de Foix pacifia la ville et rendit le bien-être au pays.

Les armes de la ville d'Ax, d'après un écusson conservé aux Archives nationales, et découvert par M. H. Marcailhou-d'Ayméric, portent au centre : *d'or à trois pals gueules ;* autour : *sceau de la ville d'Ax, en Foix.*

Au point de vue religieux, dans le grand drame historique de la lutte des rois barbares coalisés sous la suzeraineté d'Attila contre la civilisation chrétienne, il est glorieux pour la cité d'Ax d'avoir été le théâtre du martyre de saint Udaut.

Les reliques de saint Udaut exhumées en 780, restèrent déposées dans l'église paroissiale jusqu'en 978. A cette époque, elles furent transportées à Ripoll, en Catalogne, mais un fragment de ces reliques a été réintégré à l'église paroissiale d'Ax, le 14 août 1886.

L'église Saint-Jérôme est la chapelle de la Confrérie des Pénitents bleus ; Notre-Dame (anciennement Notre-Dame-de-Grâce), fondée sous le règne de saint Louis et restaurée en 1847, sert de chapelle à l'hospice.

Quant aux eaux d'Ax, connues dès une haute antiquité, elles furent plus spécialement remarquées au VIme siècle de notre ère, ainsi que le démontre une chronique catalane, et surtout au Moyen-Age, sous le règne de Louis IX.

LE BASSIN DES LADRES -- LA FONTAINE DES CANONS

On voit près de l'hôpital Saint-Louis un vaste bassin rectangulaire de 8m70 sur 11m, construit le 13 octobre 1260 à la prière du roi de France par le Comte de Foix Roger IV, dit Rotfer : c'est le bassin des *ladres* ou des *lépreux*.

Les eaux d'Ax avaient la réputation de guérir d'autres maux que la lèpre et l'on s'accordait à dire qu'elles avaient une efficacité marquée dans le traitement des plaies de guerre : « Meurtris par les fers et blessures, nos paladins, au retour des croisades, échangeaient pour un temps leur fougueux palefroi contre l'humble mule des montagnes et venaient demander aux eaux secourables la guérison de leurs maux et l'oubli de leurs souffrances. » (Dr Alibert *Traité des eaux d'Ax*, 1853, Préface, p. XVI).

La *source des canons*, qui coulait autrefois à la surface du sol, a été abritée dans un édifice en forme de fontaine, le 15 mai 1789 ; elle fut reculée de quelques mètres, en 1816, et placée où elle est actuellement.

Le bassin des ladres est devenu un lavoir public et la fontaine des canons est employée aux usages domestiques ; les pauvres gens vont y tremper leur soupe.

BASSIN DES LADRES — FONTAINE DES CANONS.

Au XVIIme siècle, indépendamment de l'étuve que l'on voit encore dans la tour du clocher de l'hôpital et du bassin des ladres, la ville possédait, au Couloubret, une piscine d'eaux chaudes, à ciel ouvert, que les Consuls dénombrèrent au Roi, en 1672 ; mais la réputation des sources n'a été bien établie que vers le milieu du XVIIIme siècle. En 1754, ces eaux furent visitées par deux savants, Venel et Bayen, qui déclarèrent qu'elles acquerraient la célébrité de celles de Bagnères-de-Luchon et de Barèges. — Leur prédiction tend de plus en plus à se réaliser.

Depuis, d'éminents chimistes ont publié tour à tour l'analyse complète de nos eaux et les divers médecins-inspecteurs, qui se sont succédé, ont fait des études cliniques dont la publication a aussi contribué puissamment à la notoriété des thermes.

UNE VIEILLE RUE D'AX

En sa qualité de ville fortifiée, la cité d'Ax était renfermée dans un espace restreint. Aussi les rues qui donnaient accès au monticule sur lequel est bâti le presbytère, point culminant de la ville, étaient en pente si rapide qu'on les avait transformées partiellement, en larges escaliers de pierre qui subsistent encore dans quelques endroits.

La vue photographique ci-contre montre une de ces rues située sur le prolongement de la rue François Mansard. — L'on aperçoit, au fond du tableau, les fenêtres du presbytère.

UNE VIEILLE RUE D'AX.

III. — TABLEAU SYNOPTIQUE
des excursions à faire aux environs d'Ax

————— ••• —————

I. — Vallée de l'Ariège ou de Mérens

noms.	alt.	dist. kil. [1]	durée du trajet en voiture.
Mérens (pont du Nabré)..........	1055ᵐ	8 k. 280ᵐ	1 h. 30 minutes.
L'Hospitalet (place du village)....	1436ᵐ	18 080ᵐ	3 15 id.
Col de Puymaurens.:............	1918ᵐ	28 105ᵐ	5 40 id.

EXCURSIONS SE RATTACHANT A LA VALLÉE DE L'ARIÈGE

1° Cabane forestière de Courtal-Jouan (1545ᵐ), par la sapinière du bac de Llata (7 k. 950 d'Ax) : route nationale (3 k.) et chemin muletier (4 k. 950), 2 h. 20'.

2° Colmajou (937ᵐ) 2 k. 460, le fort Pigeoulet (1268ᵐ) 6 k. 400, plateau de Bonascre (1370ᵐ) 8 k. 6 d'Ax [2], 2 h. 30', — route stratégique carrossable avec des pentes de 0ᵐ 09 et 0ᵐ 10 par mètre. — Chalet forestier de Manseille [3] (1665ᵐ) 3 k. 626 à partir de Bonascre,

1. Route nat. n° 20. Les distances sont calculées à partir des dern'ères maisons en amont d'Ax.
2 Cette distance comprend tout le plateau de Bonascre jusqu'au commencement du chemin forestier de Manseille.
3. Auprès de la délicieuse fontaine (temp. : 3° 5 centigr.) de ce chalet, de nombreux touristes viennent déjeuner sur le gazon.

LE PARC DU TEICH -- L'ÉTANG

Contigu à l'établissement thermal de ce nom, dont il constitue une dépendance, le parc du Teich est très fréquenté par les baigneurs et particulièrement par ceux qui aiment la retraite ou que le soin de leur santé occupe exclusivement.

On y remarque : de belles allées ombreuses, pourvues de bancs, de vastes pelouses baignées par un ruisselet d'une eau très limpide, un jet d'eau, des massifs de fleurs et d'arbustes, une jolie cascatelle qui est le déversoir de l'étang où abondent les truites.

Le torrent de l'Oriège, qui longe l'un des côtés de ce parc, contribue, par son cours rapide, à l'assainissement et à la fraîcheur de l'atmosphère pendant les fortes chaleurs de l'été. C'est un lieu de séjour des plus agréables.

LE PARC DU TEICH — L'ÉTANG.

chemin forestier, 1 heure ; ascension au pic du Saquet ou de la Tute de l'Ours (2259ᵐ), chemin muletier, 2 heures depuis le chalet de Manseille. Très-beau panorama.

3° Vallée de Nagear : Col de Beil (2150ᵐ), 6 h. d'Ax ; — lac de Fontargente (2146ᵐ), aux truites saumonées, 7 h. 1/2 d'Ax, chemin muletier.

4° Le Castelet (parc, ponts et cascades), 4 k. d'Ax, halte du chemin de fer et route nationale. Usine électro-chimique pour la fabrication du carbure de calcium.

5° La Bordette (830ᵐ) 2 k., Sorgeat (1045ᵐ) 4 k. 5, col de Chioula ¹ (1435ᵐ) 9 k. 690, col d'En-Ferrié (1405ᵐ) 10 k. 760, [fontaine du Drazet ² (1460ᵐ), chemin forestier, 350ᵐ à partir du col d'En-Ferrié], col de Marmare (1355ᵐ) 11 k. 712, village de Prades (1240ᵐ). Distance totale : 14 k. 938 d'Ax à l'entrée du village de Prades, — chemins de grande communication n° 22 et nᵒ 5 (11 k. 712) et de grande communication n° 3 (3 k. 226), tous carrossables. — Excursion aux sauvages gorges de la Frau (chemin muletier à partir de Comus).

6° Mines de fer de Puymaurens (2140ᵐ d'alt.), chemin muletier ; 1 h. 1/2 à partir du col de Puymaurens, ou à partir du lacet de la Llatte.

7° Lac de Fontnègre (2290ᵐ) et sources de l'Ariège (2405-2430ᵐ) — 9 et 10 k., 3 heures et 3 h. 20 de l'Hospitalet, chemin muletier.

8° République d'Andorre, par le port de Fray-Miquel (2460ᵐ), chemin muletier : — 5 heures, 16 k. de Saldeu à l'Hospitalet où l'on trouve guides et mulets (faire prix

1. De ce col on jouit d'un splendide panorama sur les Pyrénées de la haute Ariège.
2. On se rend ordinairement à cette excellente fontaine (temp. 4° centigr.), en nombreuse compagnie, pour y déjeuner.

LE PONT DE SAINT-ROCH OU D'AURADU

Ce pont est ainsi nommé parce qu'il conduit au quartier Saint-Roch, au pied du rocher de la Vierge, et qu'il avoisine l'antique scierie communale d'Auradu.

Il permet aux baigneurs, après leur promenade dans le parc du Teich, ou après une excursion à la Vierge, de rentrer en ville par le haut quartier du Cournil ou par la route d'Espagne et de visiter, en passant, soit l'usine électrique, soit le nouvel établissement de pisciculture.

Scierie Communale   Parc du Teich

PONT DE S\ :\-ROCH OU D'AURADU
SUR L'ORIÈGE.

d'avance) ; — de Saldeu à la capitale, Andorra-la-Vella (1080ᵐ), 5 heures, 25 k. ; d'Andorre à Urgel (Espagne) 4 h. 45, 24 k. ; d'Urgel à Puigcerda, par pont de Bar, Martinetto et Belwer, 55 k., 10 h. 1/2, chemin muletier. (Voir n° 10, pour le retour à Ax par la route nationale n° 20).

9° Lac de Lanoux (2154ᵐ), le plus grand des Pyrénées (110 hectares), excellentes truites saumonées : route nationale n° 20, 6 k. 400 du col de Puymaurens à Porté (34 k. 500 d'Ax à Porté), et chemin muletier à partir de Porté jusqu'au lac de Lanoux, 10 k., (environ 3 heures). — Ascension au puig Carlitte (2921ᵐ), 2 h. 30' du lac de Lanoux.

10° La Cerdagne : par le col de Puymaurens, Porté (1615ᵐ), Porta (1510ᵐ), La Tour de Carol (1250ᵐ), Enveigt (1265ᵐ), Ur (1195ᵐ) et Bourg-Madame (1140ᵐ) : route nationale n° 20, de Paris en Espagne — 55 k. d'Ax à Bourg-Madame — (27 k. du col de Puymaurens à Bourg-Madame) — service quotidien de voitures d'Ax à Bourg-Madame — 7 heures.

Visite de la ville espagnole de Puigcerda (1190ᵐ) à 800ᵐ de distance de Bourg-Madame, dernier village français.

11° Vallée de Mourgouillou : lac du Comté (1715ᵐ, 1 h. 45 de Mérens) ; lac Vidal (2090ᵐ) ; lac de Couart (2230ᵐ) ; lac inférieur de l'Albe (2280ᵐ) ; lac supérieur de l'Albe (2330ᵐ). Chemin muletier jusqu'au lac de Couart, 4 heures de Mérens ; sentier de piéton ensuite.

12° Vallée de Nabré : sources sulfureuses de *Mérens d'en haut*. Lacs étagés de Madides. Chemin muletier.

13° Vallée des Bésines : ascension au pic Pédroux (2831ᵐ) ; très-beau panorama.

14° Vallons et lacs de Pedourés et du Sisca : ascension au pic de l'Albe (2764ᵐ).

LA VIERGE D'AX

Sur un rocher escarpé qui domine, au sud, la ville, d'une hauteur de 77 mètres, et au voisinage du vieux château Maü, un pieux pasteur de la paroisse, l'abbé Commenge, a fait construire, en 1875, un édicule, ayant la forme d'une tour carrée, sur lequel a été placée une belle statue de la Vierge entourée de quatre anges. L'intérieur renferme une chapelle. Le tombeau de l'abbé Commenge est au nord de cet édicule.

On y accède par un chemin sinueux longeant le parc du Teich et traversant le quartier Saint-Roch.

De la plate-forme qui supporte ce monument on jouit d'une bien belle vue sur la vallée d'Ax et sur la ville.

On distingue parfaitement les trois torrents de l'Ariège, de l'Oriège et de la Lauze qui viennent marier leurs eaux rapides sous les murs de la cité thermale. Le regard du spectateur est surtout attiré, vers le sud, par les belles sapinières du Llata et de Carroutch.

LA VIERGE D'AX.

II. — Vallée de l'Oriège ou d'Orlu

noms	alt.	dist. kil. [1]	durée du trajet en voiture
Ancienne forge d'Orgeix...........	802ᵐ	1 k. 520ᵐ	30 minutes.
Orgeix (pont sur l'Oriège).........	810ᵐ	2. 650ᵐ	35 id.
Orlu (place du village).............	840ᵐ	4 540ᵐ	45 id.
Passerelle de Ramières.............	910ᵐ	6 190ᵐ	1 h. » id.
Ancienne forge d'Orlu.............	930ᵐ	7 570ᵐ [2]	1 15 id.
Pont du Bisp [2]....................	1070ᵐ	10 150ᵐ	1 45 id.

EXCURSIONS SE RATTACHANT A LA VALLÉE DE L'ORIÈGE

1° Vallée latérale d'Orgeix et retour à Ax par le col de Joux (1685ᵐ) et la cabane forestière de Courtal-Jouan ; chemin muletier, 6 heures.

2° Vallon de Gnoles : lac de Naguilles (1854ᵐ d'alt., 46 hectares de superficie) ; chemin muletier, 7 k. 619ᵐ, 3 heures à partir de la passerelle de Ramières.

3° Vallon de Baxouillade : visite du *Trou de l'or* (2070ᵐ) avec les anciens puits d'exploitation à cinq étages ; 5 heures de la forge d'Orlu, 6 h. 15' d'Ax. Chemin muletier à partir du pont du Bisp.

1. Chemin de grande communication n° 22, dit des forges d'Orlu à Niort. Les distances de ce tableau sont calculées à partir de la bifurcation de ce chemin avec la route nationale n° 20, près du pont de Gailline ou pont d'Espagne, lequel est à 761 mètres de distance du pont du Breilh.
2. La bifurcation de la route du pont du Bisp est située à 225 mètres en aval de l'ancienne forge d'Orlu.

LE PONT DU CHEMIN DE FER, AU CASTELET

Ce magnifique pont du chemin de fer a été construit par M. Alméras, entrepreneur de travaux publics, sur les plans de M. Séjourné, ingénieur des Ponts et Chaussées. L'arche mesure 42 mètres d'ouverture et 20 mètres de hauteur au-dessus du torrent ; l'assiette de la voie est à 653m 50 d'altitude. — Un escalier en pierre, de 114 marches, construit par les soins de la Compagnie des chemins de fer du Midi, sur la rive droite de l'Ariège, permet de descendre sous ce pont et d'en contempler tous les détails de construction.

A 400 mètres de distance se trouve la halte du Castelet, d'où l'on aperçoit, dans la direction de la haute vallée d'Orlu, l'un des plus beaux panoramas des Pyrénées.

En amont du pont et en face le domaine du Castelet existait une magnifique cascade presque mise à sec aujourd'hui par l'installation, dans cette région, d'une usine électro-chimique pour la fabrication du carbure de calcium. Cette usine absorbe en effet presque toute la rivière pour la mise en mouvement de ses turbines ; l'entrée en est interdite au public.

Castelet

PONT DU CHEMIN DE FER SUR L'ARIÈGE

4° Lac de Beys ou d'En-Beys (1950ᵐ d'alt., 28 hect. de superficie) aux truites saumonées; chemin muletier à partir du pont du Bisp (8 k. 500 environ), 3 h. 20.

III. — Vallée de la Lauze ou d'Ascou

noms	alt.	dist. kil. [1]	durée du trajet en voiture
Ascou (place du village)..............	1005ᵐ	4 k. 145ᵐ	1 h. 10 minutes
Ancienne forge d'Ascou	1080ᵐ	7 050ᵐ	1 40 id.
Bifurcation du chemin de Quérigut...	1090ᵐ	7 360ᵐ	1 45 id.
Col del Pradel.....................	1680ᵐ	14 560ᵐ	3 45 id.

EXCURSIONS SE RATTACHANT A LA VALLÉE DE LA LAUZE

1° Ascension au pic de Serembarre (1854ᵐ) ; belle vue sur la haute vallée de l'Ariège et ses grands pics ; 35 minutes du col del Pradel, sentier de piéton.

2° Vallée du Rébenty : pittoresques gorges de Mérial, de Niort et de Joucou avec tunnels ; confluent du Rébenty et de l'Aude, à 30 minutes au S. d'Axat ; superbe défilé de Pierre-Lis, à 8 k. en amont de Quillan (Aude). Routes carrossables et bien entretenues.

3° Montmija (1400ᵐ), 10 k. 820ᵐ [2], 3 heures d'Ax ; borde *del Père* (1450ᵐ), 12 k. 580ᵐ 3 h. 20 ; port de Paillères (1972ᵐ), 17 k. 045ᵐ, 5 heures. — Ascension au pic de Tarbézou

1. Chemins de grande communication n° 5 et n° 22, jusqu'au col del Pradel. Les distances sont calculées à partir du pont du Breilh.
2. Chemin d'intérêt communal ou vicinal ordinaire n° 3, d'Ax à Quérigut, non carrossable depuis la forge d'Ascou. Les distances sont calculées à partir du pont du Breilh.

LA ROUTE D'ORLU, EN AMONT D'ORGEIX

Le pittoresque panorama représenté par cette gravure est pris de la route d'Orlu, en amont du village d'Orgeix.

Sur le chemin, côtoyé par la rivière d'Oriége, on aperçoit deux indigènes dont l'un est couvert de la cape de laine du pays (en patois *capeto*).

A gauche se montre la dent d'Orlu ou pic de Brasseil (2220^m) ; au fond du tableau, le haut massif des pics de Camp-Ras (2554^m) et de Terrès (2549^m), séparés par la dépression de la porteille d'Orlu (2227^m) qui permet aux piétons d'accéder dans le Capsir (Pyrénées-Orientales).

L'Oriège

ROUTE D'ORLU EN AMONT D'ORGEIX

(2366^m), 2 k. 400^m environ, 1 h. 30 [1] : vue splendide sur les Pyrénées, les Corbières, la plaine du Languedoc [2], etc. Sentier de piéton depuis le plateau de Paillères.

4° Quérigut (1250^m) : 31 k. 700^m d'Ax, chemin muletier de la forge d'Ascou à Mijanés par le port de Paillères ; bains thermo-sulfureux de Carcanières (905^m) et d'Usson (776^m), route carrossable depuis Mijanès.

5° Vallon de Gabantsa et col de Lègue (2035^m), 6 heures d'Ax. — Chemin muletier à partir de la forge d'Ascou [3].

———————o———————

NOTA. — Quelques baigneurs ou touristes de la station thermale d'Ax, opèrent parfois l'ascension du pic Saint-Barthélemy (2349^m) point culminant du massif de Tabe. Ils trouveront toutes les indications nécessaires dans notre étude monographique intitulée : Le Massif de Tabe. Description. Panorama. Géologie. Flore. Altitude. Légendes. Itinéraires divers etc., publiée dans le Bulletin de la Société Ramond xxxiiie année, 2e série, tome iii (1898), pages 172-202.

H^{le} MARCAILHOU-D'AYMÉRIC,

Pharmacien de 1re classe.

———————O.———————

1. La distance et la durée de l'ascension sont calculées à partir du port de Paillères.
2. On se rend ordinairement au sommet de ce pic pour jouir du magnifique spectacle du lever du soleil.
3. Nous ne conseillons pas la dangereuse ascension au pic de Brasseil (2220^m) ou dent d'Orlu, tentée annuellement par les chasseurs d'isards. Nous l'avons faite par le conmeil de Brasseil, le 28 juin 1897, et avons compté onze isards, à plus de 500 mètres sous nos pieds.

LA CASCADE DE GNOLES OU D'ORLU

Cette magnifique cascade, que l'on aperçoit bien de l'ancienne forge d'Orlu, domaine de M. Anduze, se précipite en plusieurs ressauts d'une hauteur totale de 340 mètres. — Elle se détache nettement sur le paysage sévère qui l'entoure, par sa blancheur de lait. L'effet est surtout magique lorsque le soleil, placé derrière l'observateur, produit les couleurs de l'arc-en-ciel par l'irisation des gouttelettes d'eau projetées sur les rochers et dans les airs.

Cette cascade est alimentée par le torrent qui sert de déversoir au trop-plein du beau lac de Naguilles (1854^m d'altitude, 46 hectares de superficie) où l'on peut accéder à dos d'âne, et dont les eaux sont tellement limpides qu'il est possible d'apercevoir les truites à 2 mètres et même à 3 mètres de profondeur.

A 200 mètres environ en amont de l'ancienne forge, au milieu d'un beau parc, on visite ordinairement la belle chute de l'Oriège ; tout le torrent s'élance de 6 mètres de hauteur et produit une poussière humide qui mouille les habits des touristes.

CASCADE DE GNOLES OU D'ORLU.

EN VENTE

à AX-LES-THERMES, chez Mme veuve MARTY, buraliste
et dans les Établissements thermaux

~~~~~~~~~~~~

H^le MARCAILHOU-D'AYMÉRIC. — **Monographie de la Ville d'Ax** avec plan de
la ville au xviie siècle ; 1 vol. in-12, 364 pages. 1886. Ouvrage honoré d'une
médaille de vermeil (1er prix) au concours de 1887 de la *Société archéologique
du Midi.* — Prix **2** fr.

Foix. — Imprimerie-librairie Gadrat aîné.